Auf Beatrices Spuren
Sulle tracce di Beatrice

AF210934

Michael Rasmus Schernikau

# Auf Beatrices Spuren

Gedichte und
Kurzgeschichten

# Sulle tracce
di Beatrice

Poesie e racconti brevi

Ins Italienische übertragen von –
traduzione dal tedesco:
Ernesta Gilardi

Bibliografische Information der Deutschen Nationalbibliothek:
Die Deutsche Nationalbibliothek verzeichnet diese Publikation
in der Deutschen Nationalbibliografie;
detaillierte bibliografische Daten sind im Internet
über < http://dnb.d-nb.de > abrufbar.

Satz und Umschlagdesign, Herstellung und Verlag:
Books on Demand GmbH, Norderstedt

ISBN-10: 3-8334-6379-1
ISBN-13: 978-3-8334-6379-2

# Inhaltsverzeichnis

# Indice

# Metapher

Eine scharfe Waffe
Ist eine rare Metapher:
Sie ist der Hammer, der Deinen Panzer knackt.

Ein listiger Dietrich
Ist ein pfiffiges Bild:
Der Tigerkater, der um Deine Beine streicht.

Ein schillernder Schmetterling
Ist meine bunte Metapher:
Auf Deines Herzens Blüten landet er sacht.

Goldene Kometen
Durchschnitten die Nacht:
Ungesehn, ungehört, sind sie verpufft, meine Worte,

Weil Du mir fehlst.

# Metafora

Un'arma affilata
È una rara metafora
È il martello che abbatte la tua corazza.

Un astuto grimaldello
È un'immagine scaltra:
Il gatto tigrato che si struscia attorno alle tue gambe.

Una farfalla dai riflessi cangianti
È la mia metafora variopinta:
Sul tuo cuore in fiore scende dolcemente.

Comete dorate
Attraversano la notte:
invisibili, impercettibili le mie parole sono prive d'effetto,

perché tu mi manchi.

# An die ferne Geliebte

Heimlich treffen sich Seelen im Traum;
Die gleißenden Küsse der Finsternis
Umwehen den einsamen Schläfer.
Schlafnebelwolken formen
Das Bildnis der blonden Geisha.
Bist du es, jung verwehtes Lied,
Cembaloklang vom Himmel sternenklar?
Umarme mich wie einst und hüll mich ein,
Schneeflockengleich, Vanilleduftes voll,
Geliebte!
Umsonst kratzt Alltagshektikleistungsstress sein A
Und O in meine Tür mit Neonfingern.
Umsonst, unsel'ge Zeichen, zuckt ihr auf.
Denn wisse, blonde Geisha:
Regen mag fallen, Stürme wehn;
Fest wie die Wurzeln des Weltenbaumes
Ist meine Liebe zu Dir,
Meine ferne Geliebte.

## Alla lontana amata

Segretamente si incontrano le anime nel sogno
Soffiano intorno al dormiente solitario.
Nuvole di nebbia, nel sonno, formano
l'effige della bionda geisha
Sei tu o giovane canto disperso
Suono di cembalo nel chiaro cielo stellato?
Abbracciami come allora e avvolgimi
pari a fiocchi di neve, colmato del profumo di vaniglia.
O mia amata!
Inutilmente lo stress quotidiano per l'adempimento febbrile
graffia con dita scintillanti sulla mia porta lettere di fuoco:
il suo primo ed ultimo comandamento
Inutilmente, segni infelici, sussultate!
Poiché sappi, o bionda geisha:
la pioggia può cadere, la tempesta infuriare;
ma fermo e sicuro come le radici dell'albero universale
permane il mio amore per te,
mia lontana amata.

# Die Möwe, die ein Fisch sein wollte

## I

Wenn Himmel und Meer
Sich im engen Bett des Horizonts
Fest aneinander
Kuscheln, die Schiffe
Auf dem grauen Schleier durch
Den feuchtkühlen Dunst
Schweben, war nie ihr
Wunsch größer, ein Fisch zu sein.
Fliegt ein Fisch nicht auch?

Kann ein Vogel dann nicht auch schwimmen?

Weit – auf den Felsen –
Draußen im Wasser sitzt sie
Tief in Gedanken.
Flüche vergrätzter Fischer verfolgen sie voller
Verallgemeinerung, Vorwurf, Verachtung,
Kränkungen Kleinkarierter, Krebsgeschwür
Feindschaft frisst sie auf –

Nie war ihr Wunsch größer, ein Fisch zu sein,

Wenn sie abends, im Gespräch mit ihrem besten
Freund am Ufer sitzt, im Gespräch mit Fabius,
 ihrem besten Freund, einem
Fisch,

# Il gabbiano che voleva essere un pesce

## I

Quando cielo e mare
nell'esiguo letto dell'orizzonte
si stringono l'uno l'altro, e le navi
giacciono fluttuando attraverso l'umida e
fredda cortina di nebbia,
grigia e sottile come un velo,
il suo più grande desiderio di essere
un pesce non fu mai più grande.
Forse che un pesce non vola?

E allora, perché non può nuotare un uccello?

Lontano  – sulle rocce –
Laggiù nell'acqua siede lui
immerso in profondi pensieri
inseguito da pescatori arrabbiati che
generalizzano: rimprovero, disprezzo
offese da parte di esseri dalla mentalità ristretta,
il tumore dell'inimicizia divora completamente il gabbiano.

Mai fu più grande il suo desiderio di essere un pesce,

Quando di sera, a colloquio col suo miglior amico,
se ne sta seduto sulla riva, a colloquio con Fabio,
il suo migliore amico, un
pesce,

Wenn sie durch das
Smaragdgrüne Meeresfenster,
Sich tief in die
Augen sehen, die
Gesichter beinahe schon
Gegen die Scheibe
Gepresst, wenn er ihr
Von den Schätzen und Wundern
Des Meeres erzählt.
Seine Worte kann sie zwar nicht verstehen,
Doch sie hört die Stimme des Meeres,
Aus dem einst die Fische, aus dem einst die Vögel,
Aus dem einst
Alles Leben gekommen.

Sie hört
Von Kathedralen
Aus Korallen. Einsiedler-
Krebse hüten dort
Perlen der Weisheit.
Nichts,
*das nicht wandelt Meereshut*
*in ein reich und seltnes Gut.*

Sie hört von fern die Madrigale
Der Meerjungfraun und Wassermänner.
Sie hört den halbverwehten Klang
Von Gambe, Flöte und Theorbe.

Und niemals größer war der Wunsch, ein
Fisch zu sein.

Quando quei due,
attraverso il verde smeraldo del mare,
come in una finestra,
si vedono profondamente
negli occhi, coi visi già quasi
premuti contro la superficie,
quando Fabio gli racconta
dei tesori e delle meraviglie del mare.
Il gabbiano non sa certo comprendere le sue parole,
ma sente la voce del mare,
da cui vennero un tempo i pesci,
da cui vennero una volta gli uccelli,
da cui venne
ogni forma di vita.

Lui, il gabbiano, ode
di cattedrali fatte
di coralli. E là un club isolato di
granchi custodisce
perle di saggezza.
Che si trasformano a causa di
»a sea-change into
something rich and strange«

Lui sente di lontano i madrigali
**delle sirene e dei geni delle acque**
Lui ode il suono, quasi sfuggente,
di viole da gamba, flauti e tiorbe

E mai fu più grande il suo desiderio
di essere un pesce.

## II

An einem Dienstag aus nachtschwärzlich kaltem Feuer und
Weiß – rauschend glüh'ndem Eis
Da geschah es: Zwei
Haie donnerten in das Korallenriff,
Brachen sich brüllend die blutige Bahn, zwei
Panzer in einem Blumenbeet.
Entwurzelt, entblättert,
Lag so manch zartes Pflänzchen aus Poseidons Garten
Zertreten im Staub.

Kaum hat der Gott des Meers die grausige Kunde vernommen,
Schwur er auch zornentflammt, der Titan Okeanos habe
Sich voller Hinterlist wider ihn, seinen Lehnsherrn, erhoben.

Auf einen Wink mit dem Dreizack hin
Schwingt sich ein Geschwader von Rochen empor,
Durchschneidet das Blau gleich
Stählernen Falken, geflügelten Todesboten.
Den zuckenden Blitzen ihrer Elektroschock-Stacheln fallen
Vor allem
Unschuldige zum
Opfer:
Haifischjunge, -greise, -weibchen und
Hauptsächlich solche, die für das
Gestörte Verhalten einiger Irrer
Nicht das Geringste können.
Okeanos schäumt.
Im Gummianzug des Auftragsmörders folgt
Auf leisen Sohlen die Vergeltung.

# II

E un martedì, come un freddo fuoco nero
e ghiaccio frusciante e sfavillante
avvenne il fatto:
Due pescicani balzarono nella scogliera corallina
strepitando lasciando una scia sanguinosa,
due carri armati in un'aiuola di fiori.
Sradicate, sfogliate con violenza,
diverse pianticelle del Giardino di Poseidone
rimasero lì, calpestate nella polvere

Il dio del mare ha appena percepito la crudele notizia
E,infiammato d'ira, giura che fu il Titano Ocèano ad innalzarsi
perfidamente contro di lui, suo signore e feudatario

Ad un cenno fatto con il tridente
oscilla innalzandosi una squadra di torpedini.
Tagliano l'azzurro pari a falchi d'acciaio,
alati messaggeri di morte
Sotto il lampo serpeggiante delle loro guizzanti spine da
elettroshock –
cadono soprattutto
vittime innocenti :
pescicani giovani, vecchi e femminucce,
e soprattutto quelli che non c'entrano minimamente col
comportamento alienato di alcuni esseri impazziti

L'Ocèano schiuma di rabbia.
Nel costume di gomma dell' assassino su commissione segue
a passi leggeri la rivendicazione.

Die Tintenfische schwellen zornig an, wirbeln Staub auf,
Hüllen das Meer in schwarze Wolken, dass
Freund und Feind nicht mehr zu unterscheiden sind.
Bürgerkrieg,
Bruderkrieg,
Bis dass die See rot von Blut.

In Panik flüchten die Fische empor
Geradewegs in die Netze der Fischer.

Auf ihrem schwarzen
Felsen im blutigen Meer
Sitzt unsere Möwe,
Starr, resigniert, das
Haupt in den Flügel gestützt.
Zusehen müssen,
Fassungslos, hilflos,
Nichts als zusehen können –
Von ihrem besten
Freund, Fabius dem
Fisch, so lange schon keine
Nachricht mehr …

Wenn sie erlebt, wie
Die Fischer mit Gebrüll die
Prallen Netze einhol'n,
Wenn sie sieht, wie sich
Wolken von Rochen drohend
Zusammenballen,
Wenn sie munkeln hört,
Neptun wolle scharf gegen

I calamari si gonfiano irati, formando colonne di polvere
Avvolgono il mare in nuvole nere, cosicché non è più possibile
distinguere gli amici dai nemici.
Guerra civile.
Guerra fratricida
Fino a che il mare si arrossa di sangue.

Nel panico i pesci guizzano in sù
Diritti nelle reti dei pescatori.

Sulla sua roccia nera
nel mare sanguinante
siede il nostro gabbiano,
rigido, con il capo appoggiato fra le ali,
rassegnato di dover vedere
senza poter far nulla,
non poter far altro che guardare
Del suo miglior amico,
Fabio,
il pesce,
non v'è già da tempo
più alcuna notizia..

Quando sente, come
i pescatori urlanti le reti colme
rialzano,
quando vede come nubi di torpedini
si raccolgono minacciose,
quando sente mormorare
che Nettuno vuole
procedere severamente contro

Kritiker vorgehn,
Immer die eine quälende Frage.

Sie hört der Brandung Donnerstimme:
»Da hast du nun die Madrigale
Der Meerjungfrauen, der Gamben, Flöten,
Theorben Klang, Korallenhallen!«

Und niemals wieder fühlte sie den Wunsch, ein
Fisch zu sein.

i suoi critici
rimane sempre la tormentosa domanda.

Sente la voce tonante della risacca:
»Ecco che ora hai tu i madrigali
delle sirene, il suono delle
viole da gamba, dei flauti;
delle tiorbe, i saloni e padiglioni di coralle«

E allora non sentì mai più il desiderio di essere un pesce.

# TEENAGERLIEBE (1)

## Einsicht

Zu fremd, zu fern, mich
Zu enttäuschen, bleibt sie auf
Ewig mein Kätzchen.

## Objektive Betrachtung

Stellst Du ein Mädchen
Auf einen Marmorsockel,
So fühlst Du Dich klein.

# TEENAGER-LOVE (1)

## Convinzione

Troppo lontana, troppo estranea per
deludermi, lei resta per sempre
la mia gattina

## Considerazione obiettiva

Metti una ragazza su
un piedistallo di marmo
e tu ti senti piccolo

# TEENAGERLIEBE (2)

*frei nach Rudolf von Fenis*

Ich selber mach unnötig mir das Leben schwer,
Denn grad die Eine, die ich will, kann ich nicht haben.
Jedoch um die zu werben aussichtsreicher wär',
Die lass ich stehn.
Nur Liebe heucheln
will mir nicht behagen.
Wildkätzchen, Fata Morgana meine Lust und Qual!
Die treuen Hündchen sind mir doch egal.
So bleibt mir nur, zu fliehen
und zugleich zu jagen.

Ach, dass ich die Natur
der *hôhen minne* nicht erkannt
Hab, ehe ich mich blindlings auf sie eingelassen!
Sie bringt mir Leiden nur,
denn meine Herrin hat mich völlig in der Hand;
Hätt' ich das gleich gewusst,
ich hätt' es besser sein gelassen!
So hoffnungslos hab ich mich in dies Hirngespinst verrannt,
Dass mich die Furcht packt,
noch zu stürzen auf dem Wege, unbedacht.

Den Kummer hab ich selber mir gemacht.

# TEENAGER-LOVE (2)

*versione libera da Rudolf von Fenis*

Io stesso mi rendo la vita difficile senza necessità
perché proprio la ragazza che io vorrei non la posso avere,
ma aspirare a un'altra non vorrei, sebben
più grandi speranze avrei
ma è meglio lasciar perdere
Fingere amore non mi garba
Gattina selvatica, Fata Morgana, mia gioia e tormento
I cagnolini fedeli mi lasciano indifferente
Ciò che mi resta è perciò fuggire
e dar la caccia al tempo stesso

Ah, che io non abbia saputo riconoscere
la natura dell' amore cortese
prima di lasciarmi incantare ciecamente.
Essa mi dà solo dolore perché la mia dama mi
ha completamente in suo potere:
Se l'avessi saputo subito
avrei fatto meglio a lasciar tutto!
Così disperatamente mi sono fissato
in questa idea cervellotica
che mi prende timore di cadere sulla via da sventato.

Tale dispiacere me lo sono procurato io stesso.

# ERLANGER SONETTE

## Auf meinem Schreibtisch häuft sich *groze arbeit* ...

Auf meinem Schreibtisch häuft sich *groze arbeit*
Von *alten maeren* schweift mein Blick zum Arbeitsplan:
Compiti, Ablaut, Hermeneutik. Die Zeit
Ist rasch vergangen, doch scheint nichts getan.

Die stille Wohnung wird zur Pharaonengruft,
So lasten Langeweile, Junggesellentum.
Da gellt's erst recht, wenn über mir ein Pärchen ruft
Und jauchzt im Wonnerausch zu Aphrodites Ruhm.

Durchs Fenster bricht der Abendsonne Schein. Heim kehrn die
Joggerinnen aus dem nahen Schwabachgrund:
Ob blond, ob schwarz, herb oder katzenhaft – die
Schönsten Blumen dieser Welt blühn einzig hier. Und

Spazierte ich geradewegs hinaus zur Tür,
Begegnete ich vielleicht heut noch ihr.

# SONETTI COMPOSTI AD ERLANGEN

## Sulla mia scrivania si ammucchia il lavoro »groze arbeit« …

Sulla mia scrivania si ammucchia il lavoro »groze arbeit«
Dalle vecchie »maeren« il mio sguardo vaga
sul mio programma:
compiti, apofonia, ermeneutica
Il tempo è passato in fretta, ma sembra non abbia fatto nulla

L'appartamento silenzioso diventa quasi una cripta faraonica
Così gravano su di me la noia e la vita da scapolo
Tanto che mi rintronano veramente le orecchie
quando sopra di me sento il vocìo di una coppietta
che gioisce inebriata in gloria di Afrodite

Attraverso la finestra entra il sole della sera
Le appassionate di jogging ritornano verso casa
dal vicino »Schwabachgrund« il campo verde lungo il fiume
sia bionde, sia more, dure o feline – solo qui vi sono
le più belle fioriture di questo mondo. E

andandomene fuori diritto verso la porta
chissà, forse, potrei trovarla oggi stesso.

*für eine Kommilitonin*

## So wie die stillen Bahnen zweier Sterne

So wie die stillen Bahnen zweier Sterne
Kreuzt doch nach Jahr und Tag sich unser Weg.
Du strahlst, als sei's erst gestern her. Ich heg
Wärmste Bewunderung für dich aus schuld'ger Ferne.

Schüchtern erblüht hat es ein Ende jäh im Frost gefunden.
Kaum streiften ahnungsvoll sich unsere Seelen
Verbot Dir Deine Ehre zu verhehlen,
Dass Du seit langem – wenn auch ohne Ring – gebunden.

Wie viel ist mir seitdem nicht widerfahren …
Doch schweigt ein Gentleman in Liebesdingen,
Lockte erneut mich Venus fast in Vulkans Schlingen.
Nein!, sagte ich, hab ein Gesicht zu wahren!

Kannst, meine Freundin, Du noch größeren Triumph mir nennen,
als dass wir beide uns am Ende noch so schätzen können?

## Come le scie silenziose di due stelle

Come le scie silenziose di due stelle
Così si incrociano le nostre vie dopo anno e giorno.
Tu sei raggiante come se fosse ieri. Dalla dovuta
distanza sento per te la più calda ammirazione.

Timidamente sbocciato, la fine ha poi trovato nel gelo.
Le nostre anime si sono appena sfiorate
con dolce presentimento,
ma il tuo onore ti ha vietato di nascondere
che tu sei da lungo tempo – sia pur senza anello – legata.

Quante cose non mi son capitate da allora
Eppur un gentleman sa tacer in questioni d'amor
Seppur Venere ancor m'attirasse nei lacci di Vulcano
– Oh no!– direi allora – So salvar la faccia!

O amica mia, puoi nominarmi trionfo ancor più grande
del fatto che noi infine ci sappiamo ancora
in tal modo apprezzare?

# La Primavera schüttelte die schwarzen Locken

La Primavera schüttelte die schwarzen Locken
Bauchfrei, die Hüfte schwingend lief sie die Straße lang,
Der Männerblicke, Karpfenmünder leichter Fang.
Da ging sie schmollend weg, ließ uns im Schneematsch hocken.

Schneeflocken streicheln sacht spröden Asphalt,
Der Lorbeer räkelt sich im weichen, weißen Bette –
Und Du isst, döst, frierst und studierst fern von mir. Hätte
Ich Dich nur bei mir. Doch weiß ich längst: Schon bald

Sind jene wahren Worte auch in uns gewachsen,
Blüh'n Blumen auf den Trümmern der Vergangenheit;
Ein Schmetterling wird aus der Raupe mit der Zeit;
Dann sind wir beide endlich reif und auch erwachsen.

Bis dahin, ferne Freundin, tröstet mich mein Hoffen,
Ich hab bei Dir noch alle Chancen offen …

# La Primavera scosse i suoi riccioli neri

La Primavera scosse i suoi riccioli neri
A ventre libero, i fianchi ondeggianti, corse lungo la via
Sotto gli sguardi maschili – bocche di carpe – facile preda.
Allora se ne andò via imbronciata lasciandoci
nella fanghiglia nevosa.

Fiocchi di neve accarezzano il fragile asfalto
Delicatamente l'alloro s'avvolge nel bianco morbido letto –
E tu mangi, sonnecchi, tremi e studi lontano da me
O, se ti avessi ancora con me. Ma già so da tempo: presto

quelle parole vere cresceranno anche in noi
i fiori sbocceranno dalle rovine del passato.
col tempo dalla crisalide uscirà la farfalla
allora noi due saremo infine maturi ed anche adulti

Fino ad allora, mia lontana amica, mi consola la mia speranza
di aver ancor aperte presso di te tutte le possibilità …

# FRECHHEIT SIEGT!

## I.  Modern art

Dieses Gedicht ist,
was immer der geneigte
Leser daraus macht.

## II.  Hommage an John Cage

5

7

5

# L' IMPERTINENZA VINCE!

## I. Modern art

Questa poesia è
qualunque cosa ne voglia fare
il cortese lettore

## II. Omaggio a John Cage

5

7

5

# Irdische Gerechtigkeit

Gibt es nicht gleiches
Recht für alle, so fordern
Wir gleiches Unrecht.

# Giustizia terrena

Se non v'è giustizia
uguale per tutti, chiediamo
allora uguale ingiustizia

# Reden ist Silber ...

Viel wird über das
Zeitgeschehen geredet,
Gesagt aber nichts.

# La parola è d'argento ...

Molto si parla sugli
eventi dei nostri tempi,
Niente però si dice veramente.

# Toleranz

LIVE AND DO LET LIVE –
So soll, wie Du es tust, der
Andre Dich lassen.

# Tolleranza

LIVE AND DO LET LIVE –
E così, come lo fai tu,
l'altro deve lasciarti fare

# Bilanz gegen Ende der Schulzeit

Zukunft:           Ungewiss
Vergangenheit:  Bedauern
Gegenwart:       Mühsal

# Bilancio alla fine degli anni di scuola

| | |
|---|---|
| Futuro: | incerto |
| Passato: | rammarico |
| Presente: | strapazzo |

# Im *Kollegienhaus*

Die Marmortreppe
Hoch im langen Mantel, wähnt
Man sich in Oxford.

# Al »Kollegienhaus«

La scala di marmo:
Salendo avvolto in lungo mantello
Uno può sentirsi come ad Oxford

# Liebe, Rausch und Katzenjammer

Wohlig seufzend lässt er sich ungefragt gleich auf das Bett plumpsen. Hier, Merton Street, zweiter Stock, Blick auf die Christ Church Meadows – dahinter die Isis wie eine ferne Ahnung –, auf der Bude seiner Schwester findet seine lange, beschwerliche Wanderung ein Ende. Er schließt die Augen. Draußen rauscht der Regen. Voll Mitleid und Verständnis, nichtsdestotrotz ein wenig pikiert über seine neue, ungewohnt lässige Art, betrachtet Sabine das blasse, müde Gesicht ihres Bruders ... Stiefbruders.

Seit sie sich nach jenem schicksalhaften Gespräch, worauf er Knall auf Fall die Schule mit der mittleren Reife geschmissen hatte und nach Italien getrampt war, aus den Augen verloren hatten, hat sie lange nichts von ihm gehört – bis er sie plötzlich eines Tages von einer Polizeiwache in Soho angerufen hat. Hausfriedensbruch, ertappt in einer Wäschekammer, feine Schneespuren über den ganzen Fußboden verstreut (beweisen konnte man ihm indes nichts) – Sabine traute kaum ihren Ohren.

»Es ist nicht so, wie du denkst«, hat er die geschockte Schwester zu beruhigen versucht. »'s ist alles nur wegen Hiroko. Hiroko ist die Mätresse eines Londoner Nachtclubbesitzers; ein grässlicher alter Bock, dieser Mensch: herrisch, rabiat und höllisch eifersüchtig. Doch Hiroko kann das Spiel mit dem Feuer nun mal einfach nicht lassen. Wie wir einmal so mitten bei der Sache sind, hören wir plötzlich den Alten nach Hause kommen. In panischer Angst schubst Hiroko mich hastig in die benachbarte Wäschekammer. Wie ich da nun so im Dunkeln sitze und der Alte genau da weitermacht, wo ich aufgehört habe

# Amore, ebbrezza e lamentoso rammarico

Sospirando piacevolmente, senza attendere l'invito a sedersi, egli si lascia cadere subito come un salame sul letto. Qui. A Merton Street, secondo piano, con vista sui
Christ Church Meadows – e dietro l'Isis come un lontano presagio –, nella stanza di sua sorella, finisce la sua lunga e faticosa passeggiata.

Egli chiude gli occhi. Fuori scroscia la pioggia. Piena di comprensione e compassione, tuttavia un po' piccata per questo nuovo, insolito atteggiamento indolente, Sabine osserva il viso pallido e stanco di suo fratello … del suo fratellastro.

Da quando loro due si erano persi di vista dopo quel fatidico colloquio, in seguito al quale egli aveva piantato la scuola, così, di punto in bianco, dopo la licenza media superiore, andandosene in Italia in autostop, lei non aveva avuto più alcuna notizia da lui da molto tempo – fino a quando egli improvvisamente le ha telefonato da un posto di polizia di Soho. Violazione di domicilio, sorpreso in una camera per la biancheria, con tracce di neve sparse su tutto il pavimento (non gli si era potuto comunque comprovare nulla) – Sabine non poteva credere alle proprie orecchie

»Non è come pensi tu« così egli ha cercato di calmare la sorella scioccata.

»È stato tutto a causa di Hiroko. Hiroko è la metresse del proprietario di un night-club di Londra (di un locale notturno di Londra); un tipaccio spregevole, è come un vecchio bisonte quest'uomo: dominante, rabbioso e terribilmente geloso. Ma Hiroko non sa proprio far a meno di continuare a giocare col fuoco. Nel momento in cui noi siamo proprio nel bel mezzo

… also, das hat mich echt ganz schön mitgenommen! Beim Versuch, zumindest geistig dieser Zwickmühle zu entkommen, schmiss ich im Dunkeln irgendwas herunter, die Wäsche, den Stoff und alles durcheinander.«

Seine Ritterlichkeit verbot ihm, Hiroko der kompromittierenden Situation des Ertapptwerdens auszusetzen. Nicht auszudenken, was der alte Bock in seiner Wut ihr dann alles antun würde. Darum hat er sich als Einbrecher ausgegeben, und trotz des Drogenfundes, dessentwegen die Polizei sich allerdings nicht ganz schlüssig gewesen ist – war es doch die Wäschekammer eines alten Bekannten –, hat er sich einer gewissen Erleichterung nicht erwehren können, als ihn der Schutzmann endlich mit auf die Wache genommen hat.

»Möchtest du einen Kaffee?«, fragt Sabine.

Er bejaht. Durch die halb geschlossenen Augen beobachtet er das freundliche, gut gebaute Mädchen, dessen sanfte, dunkle Augen im runden, lieben Gesicht, umrahmt von prachtvollem, schwarzem, schulterlangem Haar, dessen üppige Formen und dessen ansehnlicher Hintern bis heute nichts von ihrem Reiz verloren haben … nur dass er nun damit umzugehen weiß. »Genau wie Mutter!«, schießt es ihm unwillkürlich durch den Kopf. Aber dann fällt ihm ein, dass er von seiner Mutter eigentlich gar nichts weiß, bloß dass sie, den bitterbösen Bemerkungen seines Stiefvaters zufolge, eine billige Schlampe gewesen sein soll. Als er schließlich jedoch siebzehn war, hat seine Schwester in einem psychoanalytischen Gespräch von beinahe schon C. G. Jungschem Format versucht, diese schmerzliche Lücke zu schließen, und ihm seine verlorene Kindheit wieder geschenkt.

»Erzähl«, sagt Sabine warm und weich wie eine große schnurrende Katze. »Was hast du all die Jahre getrieben?«

del nostro appassionato incontro, sentiamo all'improvviso che il vecchio sta arrivando a casa. Presa dal panico e dalla paura Hiroko mi spinge in fretta e furia nella camera della biancheria. E mentre io siedo lì al buio e sento che il vecchio continua proprio là dove io ho smesso….ebbene questa cosa mi ha veramente logorato, mi ha fatto veder rosso! Nel tentativo di sfuggire, almeno con la mente, a questo pasticcio io finisco per buttar giù, nel buio, qualcosa, la biancheria, la roba, e faccio una gran confusione.«

Volendo comportarsi come gentleman sentiva che il suo senso di cavalleria gli impediva di esporre Hiroko alla compromettente situazione di essere sorpresa in flagrante. Senza pensare poi a tutto quel che il vecchio bisonte avrebbe fatto nella sua rabbia! Ecco perché si è fatto passare per scassinatore e, malgrado la droga trovata, (riguardo alla quale la polizia tuttavia non è riuscita a stabilire a chi appartenesse – infatti era la camera della biancheria di una loro ›vecchia conoscenza‹), egli non ha potuto far a meno di sentirsi veramente alleggerito nel momento in cui l'agente l'ha infine condotto al posto di polizia.

»Vuoi un caffè?« domanda Sabine.

Egli dice di sì. Con occhi semichiusi egli osserva la ragazza gentile e ben fatta i cui occhi scuri e dolci nel caro viso rotondo, circondato dai folti capelli neri lunghi fino alle spalle, le cui forme provocanti, compreso il suo bel didietro, fino ad oggi non hanno perso nulla del loro fascino…solo che egli ora sa come comportarsi. »Proprio come la mamma!« gli passa involontariamente per la testa. Ma poi gli viene in mente che egli di sua madre a dire il vero non sa proprio nulla, solo che lei, a sentire le amareggiate osservazioni, un po' cattive, del suo patrigno, deve essere stata una donna di poco conto. Ma infine, quando egli aveva diciassette

Ihre Wortwahl fordert ein frivoles, vieldeutiges Grinsen geradezu heraus. Sosehr er sich auch schämt, er kann einfach nicht dagegen ankämpfen – nicht mehr.

»Es begann auf dem Sommerball, dem ersten unserer Schule, für uns beide der letzte. Von deiner grandiosen Facharbeit sprach damals die ganze Schule, während ich bei der erstbesten Gelegenheit dem grauen Gefängnis des Genies einfach entfliehen wollte. Ich hatte begonnen zu sehen. Warum mich schinden für ein Ziel, das wider meine Natur, wenn mir doch nicht Ruhe wird in der süßen Oase, sondern nur eine Fata Morgana?

Unser kleines Gespräch kurz zuvor hatte mich richtig fertiggemacht. Verwirrt und verlassen stand ich einsam unter all den vielen strahlenden, festlich gekleideten, eleganten, zauberhaften, reizenden jungen Damen – mit ihren Freunden. In dieser Situation fand mich deine ›Freundin‹ Lizzie.«

»Nein!«, haucht die Schwester. Entsetzen malt sich in ihren Zügen. Sie ahnt schon, was jetzt kommt. Und ausgerechnet mit so einer wie Lizzie …!

»Du darfst es dir in etwa so vorstellen wie in *Crazy*«, fährt er fort. »Nur dass es in ihrem Auto, auf dem Parkplatz der Meistersingerhalle, geschah, und mit dem feinen Unterschied, dass Lizzie sehr wohl wusste, was sie tat.«

Die Süße jener Erinnerung auskostend, hält er einen Moment inne.

»Und dennoch – so viel Glück kam mir irgendwie unheimlich vor. Tatsächlich bekam ich die Rechnung auch schon bald präsentiert. Du kennst ja Lizzie …«

Und ob sie es kannte, dieses angeschmuddelte, nach Aschenbecher riechende, rotzfreche Ding mit den grellen, knallbunten Strähnen und den Piercings …

anni, sua sorella ha cercato, in un colloquio psicoanalitico, secondo gli insegnamenti di Jung, di colmare questa dolorosa mancanza regalandogli di nuovo la sua infanzia perduta.

»Racconta«, dice Sabine con voce calda e morbida come il dolce miagolio di un gatto.

»che hai fatto in tutti questi anni?«

La scelta delle sue parole provoca apertamente un sorriso frivolo e ambiguo. Anche se egli se ne vergogna tanto non può semplicemente controllare la sua ilarità – non più.

»Iniziò al ballo d'estate, il primo della nostra scuola, per noi due fu l'ultimo. Del tuo grandioso Facharbeit a quei tempi ne parlava tutta la scuola, mentre io volevo già semplicemente sfuggire quel grigio carcere del genio alla prima migliore occasione. Avevo cominciato a veder chiaro: perché scorticarmi per uno scopo che era contro la mia natura, se infatti per me non ci sarà pace nella dolce oasi ma solo una Fata Morgana?

Il nostro breve colloquio di pochi minuti prima mi aveva oltremodo confuso. Sconcertato e abbandonato me ne stavo lì isolato fra tutte quelle giovani damigelle raggianti, vestite a festa, eleganti, incantevoli, leggiadre – con i loro amici. In questo stato d'animo mi trovò la tua ›amica‹ Lizzie.«

»No!« dice la sorella respirando appena Sul suo viso appare un'espressione spaventata. Lei già prevede ciò che segue. E proprio con una come Lizzie…!

»Te lo puoi immaginare press'a poco come in Crazy«, prosegue lui: »solo che è avvenuto nella sua macchina, nel parcheggio della »Meistersingerhalle«, e con la piccola differenza che Lizzie sapeva bene ciò che faceva.«

Gustando la dolcezza di quel ricordo egli si interrompe per un momento.

»E poi – così tanta fortuna mi sembrò in un certo qual modo

»Das elende Luder«, bricht es plötzlich aus ihm hervor, »hat es nur getan, um seinen Freund eifersüchtig zu machen.«

*Oh Lizzie, Lizzie!* Sabine knirscht mit den Zähnen. *Das werd' ich dir nie verzeihen, was du meinem Bruder angetan hast.*

»Stell dir vor, beinahe hätte der Kerl mich verprügelt. Aber die Vorstellung, dass seine Freundin ihn so sehr liebt, dass sie sogar mit einem Schlappschwanz wie mir ins Bett geht, hat ihn doch irgendwie amüsiert.«

Tröstend hat sie, auf der Bettkante sitzend, den Arm um seine Schulter gelegt, mit Sphinxaugen ihn nichtsdestotrotz kritisch musternd. Gierig, wie ein Verschmachtender schlürft er das heiße Gebräu, schutzsuchend an sie geschmiegt – fast wie in der guten, alten Zeit.

»Das war doch aber nicht der Grund, warum du plötzlich auf und davon, nach Italien …?« Ihre Stimme ist gezwungen hart; auf diese Weise hofft sie, das Durcheinander ihrer aufgewühlten Gefühle zu verbergen.

»Wo denkst du hin!«, lächelt er. »Ich hatte schlicht und ergreifend unsere Gesellschaft satt. Dieses übersteigerte Wirtschaftlichkeitsdenken, diese Fortschrittshörigkeit, der Lärm, der Stress und die Hektik, der fade Einheitsbrei der Macdonaldisierung, der uns unter dem Etikett der ›Globalisierung‹ vorgesetzt wird, der allgemeine Werteverfall hingen mir so was von zum Hals raus! Ich wollte frei sein, verstehst du?«

Ruckartig setzt er sich auf und angelt nach seiner Tasche, der er eine Mappe mit Zeichnungen entnimmt. Eine zeigt die Ruine eines alten Turmes inmitten eines malerischen Olivenhaines, auf sanftem Hügel, hoch über dem blauen Meer. Sacht schmiegen sich die fröhlichen, bunten Häuser an die Hänge der nahen Berge.

sospetta. Ed effettivamente ne pagai presto le conseguenze. Tu conosci bene Lizzie, nevvero …«

E come la conosceva, quella sporca mocciosa sfacciata che puzzava di portacenere con le mèches di tutti i colori e i piercing…

Quella brutta carogna »gli scappò detto improvvisamente, »l'ha fatto solo per ingelosire il suo ragazzo.«

Oh Lizzie, Lizzie! Sabine comincia a digrignare i denti. Non ti perdonerò mai ciò che hai fatto a mio fratello.

»Pensa un po', quel tipo mi avrebbe quasi picchiato. Ma l'idea che la sua ragazza l'amasse così tanto che, solo per farlo ingelosire, sarebbe addirittura andata a letto con uno smidollato come me, l'ha comunque divertito.«

Seduta sulla sponda del letto, la sorella gli ha allora messo un braccio attorno alle spalle per consolarlo, scrutandolo tuttavia in modo critico con quei suoi occhi da sfinge. Avidamente, come un assetato, egli sorseggia quella brodaglia calda stringendosi affettuosamente a lei come in cerca di protezione – quasi come ai vecchi tempi.

»Ma non era certo questo il motivo per cui tu all'improvviso te ne sei andato via in Italia…?« Ora lei si costringe a far la voce dura; spera in questo modo di nascondere lo scompiglio dei suoi sentimenti.

»Ma che vuoi!« sorride lui. »Ne avevo abbastanza del nostro ambiente sociale. Quel ragionare solo in termini di arrivismo e redditività quel dover essere schiavo del progresso, il rumore, lo stress e il nervosismo, quell'insulso e uniforme pasticcio alla Macdonald che ci viene presentato sotto l'etichetta della ›globalizzazione‹, quella generale caduta di valori mi facevano veramente soffocare. Io volevo essere libero, capisci?«

Di scatto egli si alza e va a rovistare nella sua borsa da cui prende una cartella con dei disegni. Uno rappresenta la rovina

»Ja«, seufzt er, »dort in P*** ist die Welt noch in Ordnung.«

Wie gebannt betrachtet Sabine das Bild voll Bewunderung.

»Es ist großartig«, sagt sie andächtig.

»Warte erst mal ab, bis du das Ganze in natura siehst«, entgegnet er. »Die herrliche Landschaft, die heilsame Luft, die freundlichen Leute … Komm mit mir, Schwesterchen!«

»In den Trimesterferien«, meint dieses. »Aber erzähl doch weiter, von deiner italienischen Reise.«

»Auf einem alten Weingut im Piemont fand ich Unterkunft. Der *padrone*, Vater zweier reizender Töchter im Alter von neunzehn und fünfzehn, Laura und Giulia, war sehr freundlich zu mir. Er bot mir Arbeit an; ich half ihm bei der Weinlese sowie der Korrespondenz mit seinen deutschen Geschäftspartnern und gab auch den beiden Mädchen ein wenig Nachhilfe in Deutsch.«

Sprachbegabt ist er ja, wenngleich er sich auch mit Latein und britischem Englisch nie so recht hat befreunden können.

»Laura verliebte sich in mich. Wir beide haben oft leidenschaftlich und heiß miteinander geschmust, *ma non c' è nessun sesso senza matrimonio*. Mich, der ich bei meinem schicksalhaften Erlebnis mit Lizzie Blut geleckt hatte, kümmerte das herzlich wenig, und ich war wild entschlossen, sie auf der Stelle vom Fleck weg zu heiraten. Das ginge aber nicht, sagte sie, ihr Vater, Nachkomme einer alten Familie, sei ein tief religiöser Mann und in Bezug auf die Wahl eventueller Schwiegersöhne ein wenig konservativ. Sie verbot mir sogar bei Strafe durch Entzug ihrer Gunst, mit ihm darüber zu reden. Ich finde, man hätte es wenigstens versuchen können, machte er doch einen ganz vernünftigen Eindruck. Bestimmt wäre auch alles gut

di una vecchia torre nel mezzo di un pittoresco uliveto, su una dolce collina sopra il mare azzurro. Le case dai diversi colori, poste vicinissime l'una accanto all'altra, se ne stanno disposte così, allegramente, sul pendio dei monti vicini.

»Sì«, sospira lui. »Là a P*** il mondo è ancora in ordine.«

Come rapita, Sabine contempla il disegno piena di ammirazione.

»È meraviglioso« dice assorta.

»Aspetta finché vedi tutto di persona, replica lui. »Il magnifico paesaggio, l'aria sana, la gente gentile.. Vieni con me sorellina!«

»Durante le vacanze del trimestre« risponde lei. »Ma continua a raccontare di questo tuo viaggio in Italia.«

»In un vecchio vigneto del Piemonte trovai alloggio. Il padrone, padre di due figlie attraenti, tra i diciannove e i quindici anni, Laura e Giulia, è stato molto gentile con me. Mi ha offerto del lavoro; io l'ho aiutato nella vendemmia, come pure nella corrispondenza con i suoi clienti tedeschi e ho dato anche delle ripetizioni di tedesco alle due ragazze.«

Egli è portato alle lingue, sebbene non abbia mai avuto molta simpatia per il latino e l'inglese britannico.

»Laura si innamorò di me. Noi abbiamo spesso fatto le fusa insieme come due gattini, in modo caldo e appassionato, ›ma non c'è nessun sesso senza matrimonio‹.

A me, dopo la fatidica esperienza con Lizzie, in cui avevo cominciato a prenderci gusto, questa cosa preoccupava veramente poco, ed ero seriamente deciso a sposarmela subito. Ma ciò non era possibile, così diceva lei, poiché suo padre, discendente di una vecchia famiglia era un uomo profondamente religioso e in merito alla scelta di eventuali generi, era alquanto conservatore. Lei mi proibì addirittura minacciando di togliermi i suoi

gegangen, wenn wir nur miteinander geredet hätten. Damals hatte ich jedoch Angst, mich von meinen lieb gewordenen Gewohnheiten trennen zu müssen. Und nicht mal ganz unbegründet: Giulia, das Kätzchen, das inzwischen begonnen hatte, mich im Verborgenen anzuhimmeln, spionierte uns nach in seiner Eifersucht. Einmal erwischte sie uns in einer eindeutigen Situation und wollte auch ›mitmachen‹, anderenfalls sie es Papa sagen werde – ein Angebot, das ich nicht ausschlagen konnte ...«

Letztendlich ist es seltsamerweise aber nicht Giulia gewesen, die diesem süßen Leben ein Ende gemacht hat, sondern ihre ältere Schwester Laura, die für derartige ›diplomatische Vorstöße‹ wenig Verständnis hatte. Kurzerhand ist sie zum Vater gegangen.

»Der alte Herr setzte mich prompt vor die Tür. Seine stille Enttäuschung, seine traurigen Augen trafen mich mehr als der heftigste Wutanfall. *Vattene, –* hat er gesagt –, *che Dio ti perdoni!*«

Laura hat das Ganze später jedoch furchtbar leidgetan. Ihre SMS erreichte ihn an der Côte d'Azur, inmitten der Schickeria ... zu einem Zeitpunkt, als es für ihn kein Zurück mehr gab.

»Das war meine letzte Chance gewesen, ein geregeltes Leben zu führen. Ich schlug mich durch, bis an die Riviera; ein kleines Paradies. Dort wollte ich erst mal neuen Atem schöpfen. Ich ging viel am Meer spazieren und im Olivenhain; das Skizzenbuch und meinen Swift bzw. Dürrenmatt hatte ich immer bei mir. Abends fuhr ich nach S. St***, um dort von der Klippe die Sonne gleich einem glühenden Feuerball im Meer versinken zu sehen und dabei die kurzweilige Beschreibung zu lesen, wie der treffliche Mr. Gulliver von den Liliputanern bewirtet

favori, di parlare con lui a tale proposito. Io trovo che si sarebbe dovuto almeno provare, dato che egli sembrava un tipo del tutto ragionevole. Sicuramente sarebbe andato anche tutto bene se noi ne avessimo solo parlato insieme. Ma io allora avevo paura di dovermi separare dalle mie amate abitudini. E ciò non era poi senza motivo: Giulia, la gattina, che si era nel frattempo infatuata di me, era gelosa e ci spiava. Una volta ci colse sul fatto e voleva anche partecipare, diversamente l'avrebbe detto a papà – un'offerta che io non potevo certo rifiutare…«

Alla fine, cosa strana ma vera, non è stata Giulia a por fine a questa dolce vita, ma la sorella maggiore Laura che per simili ›avanzate diplomatiche‹ aveva poca comprensione. Di punto in bianco se n'è andata dal padre.

»E il vecchio signore mi mise prontamente alla porta. La sua delusione silenziosa, i suoi occhi tristi mi colpirono più di qualsiasi scoppio d'ira »Vattene« – ha detto – che Dio ti perdoni«

A Laura tutto questo dopo è dispiaciuto terribilmente. I suoi messaggi SMS lo raggiunsero sulla Costa Azzurra in mezzo all'alta società la cosiddetta High Society

In un momento in cui per lui non v'era più alcuna possibilità di ritornare

»Questa fu la mia ultima possibilità di condurre una vita ordinata.

Io andai avanti fino alla Riviera, un piccolo paradiso, dove volevo riprender fiato. Me ne andavo spesso a passeggiare lungo il mare e nell' uliveto. Avevo sempre con me sia l'album degli schizzi che il mio Swift o Dürrenmatt. Di sera mi recavo a S. St.***… per veder il sole che come una palla di fuoco incandescente affondava nel mare e guardando tale spettacolo leggevo la spassosa descrizione e cioè come Mr. Gulliver veniva accolto con grande ospitalità dai Lillipuziani. Tutto bene, ma il forte

wird. Das war alles gut. Aber die Sehnsucht nach Gesellschaft trieb mich schließlich doch ... verzeih«, unterbricht er sich, mit tränenerstickter Stimme, von der Erinnerung überwältigt. »Der Gedanke an jene glücklichen Tage deprimiert mich immer. Wenn du gestattest ...«

Plötzlich beginnt er, sich die Schuhe auszuziehen.

Sabine starrt ihn entgeistert an.

Dann die Strümpfe.

Schon ist sie instinktiv im Begriff, sich zu erheben und ein paar Schritte zurückzuweichen. Doch er schnappt sich die rechte Socke, greift hinein. Tabletten zieht er hervor, ganz kleine graue, und noch ehe die Schwester die Lage vollständig hat erfassen können, hat er sich auch schon eine eingeworfen.

»Verdammt«, murmelt er, »das Zeug wirkt nicht! Muss wohl am Kaffee liegen. Also schön«, seufzt er. »auf ein Neu... He!«

Fest umklammern ihre Hände die seinen.

»Halt!«, ruft sie. »Das kann ich nicht zulassen! Das hat fatale Auswirkungen!«

Er lächelt nur traurig.

»In meinem Zustand spielt das jetzt sowieso keine Rolle mehr.«

Eine schreckliche Ahnung steigt in ihr auf. »Mein Gott«, flüstert sie »soll das heißen, du ...«

Die Stimme versagt ihr. Betroffen senkt sie den Blick.

»Sag es ruhig laut. Ich habe Aids.«

desiderio di avere qualcuno vicino con cui comunicare mi spinse infine ma..perdonami.«

Egli si interrompe,

con voce soffocata dalle lacrime sopraffatto dal ricordo. »Il pensiero di quei giorni felici mi deprime sempre. Se permetti...«

All'improvviso comincia a togliersi le scarpe.

Sabine lo guarda costernata.

Poi si toglie le calze.

Lei sta già per alzarsi istintivamente per fare alcuni passi indietro. Ma egli si prende in mano il calzino di destra, vi infila la mano tirandone fuori delle pastiglie: piccolissime, di color grigio e, ancor prima che la sorella abbia potuto rendersi conto della situazione, lui già ne ha mandata giù una.

»Dannazione«, mormora lui, »quest'affare non fa effetto! Dipende probabilmente dal caffè. Va bene« lui sospira »Ad un nuo..eh!«

Le mani di lei si stringono fermamente su quelle di lui.

»Fermo!« gli dice. »Non posso permetterlo! Ha degli effetti fatali!«

Egli sorride solo tristemente.

»Nello stato in cui mi trovo ora questo non ha più importanza.«

Un presentimento orribile si affaccia alla mente di lei,«Mio Dio« sussurra. »Ciò vuol dire che tu...«

La voce le manca. Colpita abbassa lo sguardo.

»Dillo pur forte: ho l'Aids.«

# Augenblick (!) und Ewigkeit

In Wirklichkeit sieht alles ganz anders aus.

Dort auf dem Laptop, auf ihrem Schoß, auf 18 x 25 cm, Zoomfunktion, mit dem Mauscursor Scheinwerfer, Bühne, Crew koordinieren, Klick, genaue Positionsbestimmung im Gitternetz, alles so klein, handlich, verfügbar. Doch draußen, vor dem Hubschrauberfenster, ragen riesige Gipfel, gigantische Gletscher. In dieser weißen Stille überkommt Gwendolin, die aufstrebende Jungmanagerin, zum ersten Mal das Gefühl, nichts weiter zu sein als eine Fliege in einem weiten, einsamen Marmorsaal.

Ach was!, sagt sie sich und rückt entschlossen ihre Sonnenbrille zurecht. Gefühlsduselei! Hat sie es doch seit dreizehn Jahren geschafft, dergleichen irrationale Anwandlungen erfolgreich niederzuringen, ist es ihr doch im Lauf von 13 Jahren gelungen, sich allen Rivalen gegenüber – ob Mann, ob Frau – siegreich durchzuboxen, sodass sie nun zum ersten Mal in der Geschichte ihres Unternehmens ein gigantisches Fotoshootingwerbekampagnenevent inszenieren darf. Hoch oben in Eis und Schnee, wo noch nie ein Mensch seinen Fuß hingesetzt hat, dorthin bricht sich jene wohlbekannte koffeinhaltige, klebrige, süßliche, bräunliche Brühe ihrer Firma spielend ihre Bahn. Aber der Gipfel von Gwendolins Karriere ist das noch lange nicht. Danach wird ihr Weg (diesmal klappt es!) weiterführen nach New York, nach Hongkong, bis man ihr schließlich, wer weiß, die Planung, Gestaltung, Ausführung des ersten Ferienclubs auf dem Mond übertragen wird. Sie blickt zuversichtlich nach vorne: Weiße Weite verliert sich in der Ferne. Noch nie hat sich Gwendolin dem Unendlichen so nahe gefühlt. Vor ihr

# Un attimo (!) ed eternità

In realtà tutto è completamente diverso.

Là sul Laptop, sul suo grembo, a 18 x 25 cm, funzione Zoom, nel coordinare con il cursore del mouse la »crew«, le quinte, i riflettori, e con un clic la determinazione precisa del reticolo, tutto così in piccolo, alla mano, tutto a propria disposizione. Eppure fuori, di fronte al finestrino dell'elicottero, si innalzano, altissime cime, ghiacciai giganteschi. In questo bianco silenzio Guendalina, giovane ed ambiziosa donna d'affari, viene presa per la prima volta dalla sensazione di non essere altro che una mosca in un'ampia e isolata sala di marmo.

Ma che! Lei dice a sé stessa, sistemando, decisa, i suoi occhiali da sole. Tutti sentimentalismi!

Eppure, da tredici anni, lei ha saputo vincere con pieno successo simili impulsi irrazionali. È infatti riuscita nel corso di 13 anni a farsi avanti a gomitate vincendo ogni rivale – sia uomo che donna – cosicché lei ora, per la prima volta nella storia della sua impresa, può mettere in scena un gigantesco evento per una campagna pubblicitaria fotografica. Là in alto fra ghiacci e neve dove nessun uomo al mondo ha ancora messo piede lassù compie la sua scia giocosa quel brodo ben noto, color marrone, appiccicoso, dolciastro prodotto dalla sua ditta. Ma questo non è ancora l'apice della carriera di Guendalina perché subito dopo (e questa volta funzionerà bene!) la sua strada continuerà per New York, Hong Kong ed infine le affideranno, chissà, la progettazione, creazione, ed esecuzione del primo Club di vacanze sulla Luna. Lei guarda davanti a sé, sicura: un'ampia distesa bianca si perde in lontananza. Mai Guendalina si è sentita così vicina all'infinito come ora. Davanti a lei il Tschomolungma innalza il suo capo bianco.

erhebt der Tschomolungma sein weißes Haupt. Überwältigt fühlt die Managerin, dass es jenseits von Dow & Dollar noch eine andere Art von Größe gibt.

Der Tschomolungma wendet ihr seinen äonenschweren Blick zu.

Solch überirdischer Anblick ist nicht für die Augen Sterblicher bestimmt. Ich glaube, wir sehen hier Dinge, die Gott den Menschen vorenthalten wollte.

Ach was, will sie sich sagen, Gefühlsduselei, doch ein unerklärlicher Schauer hat sie ergriffen.

Irritiert über die verwegenen Eindringlinge zieht der Tschomolungma scharf Luft durch seine alte Felsennase. Der Hubschrauber gerät ins Trudeln und Gwendolins Gefühle mit ihm. Ohnmächtig an ihren Stuhl gefesselt, eingesperrt mit dem Unabänderlichen … Beklemmung. Schaudern. Angst.

Als Gwendolin, Ewigkeiten später, trotz allem wohlbehalten, endlich den festen Felsengrund des Gipfels unter ihren Füßen fühlt, zittern ihre Knie immer noch. Von fern dringt die Stimme des Piloten an ihr Ohr, der aufgeregt seine Unschuld und Ratlosigkeit beteuert. Gwendolin hört ihm nicht zu. Gefesselt von der glitzernden Schönheit der Gipfelwelt, steht sie da, richtet sich langsam auf, atmet tief durch, blickt in die Unendlichkeit – und fühlt einen unbestimmten Zorn in sich heraufbrodeln. Nein, es ist nicht das nervöse Geschnatter des Piloten. Ein Schatten ist auf die weiße Weite gefallen. Wie ein Heuschreckenschwarm fallen weitere Hubschrauber über die unberührte, kristallene Stille her. Wenige Minuten später wuselt und wimmelt es wild durcheinander: Madame Hubert, der schrille Maskenbildner, diverse Klemmbretter, namen-, gesichts-, seelenlos, der exzentrische Fotograf, fett und feist wie ein

Sopraffatta,la nostra »Manager« sente che al di là del benessere del »Dow & Dollar« esiste ancora un altro genere di grandezza.

Il Tschomolungma volge il suo sguardo carico di secoli verso di lei.

Tale visuale sovraterrena non è destinata agli occhi dei mortali. Io credo che noi qui vediamo cose che Dio voleva nascondere agli uomini.

Ma che, lei vuol dire a sé stessa, sentimentalismi ma un inspiegabile brivido l'ha sorpresa.

Irritato per gli arditi invasori, il Tschomolungma prende aria attraverso il suo vecchio naso di roccia.

L'elicottero comincia a girare vorticosamente su sé stesso trascinando con sé i sentimenti di Guendalina.

Svenuta, ella rimane come incatenata alla sua sedia, imprigionata in qualcosa di irrevocabile ...

E resta così bloccata, in preda al brivido e all'angoscia.

Quando, dopo un'eternità, Guendalina, sana e salva malgrado tutto, percepisce infine il terreno roccioso della vetta sotto ai suoi piedi, le sue ginocchia tremano ancora.

Di lontano le giunge la voce del pilota che, eccitato, proclama la sua innocenza ed il suo sgomento. Guendalina non lo ascolta. Incatenata alla splendida bellezza del mondo delle vette lei se ne sta lì, e si alza lentamente, respirando profondamente e guarda verso l'infinito – e sente salire in lei un'ira indeterminata. No, non è il nervoso schiamazzare (il nervoso cicaleccio) del pilota. Un'ombra è caduta su quell'ampia distesa bianca. Come una squadra di cavallette altri elicotteri arrivano in volo in mezzo a quel silenzio puro ancora intatto. Pochi minuti più tardi si ode un ronzare assordante tutt'attorno: Madame Hubert, quel bizzarro truccatore, diverse morsettiere, senza nome, senza viso, senza anima,

assyrischer Sturm- und Fruchtbarkeitsgott, die launische Diva, eine jener unverwechselbaren Dosen mit jener koffeinhaltigen, klebrigen, süßlichen, bräunlichen Brühe von Gwendolins Firma, die sie soeben geleert, achtlos hinter sich in die Landschaft werfend …

Augenblick!, schießt es Gwendolin durch den Kopf, willst du auf diese Art etwa den Rest deines Lebens verbringen?

il fotografo eccentrico grasso e ben messo come quel dio assiro degli uragani e della fertilità, la diva lunatica con una di quelle inconfondibili lattine che contengono quel brodo alla caffeina, appiccicoso, dolciastro, di uno strano color marrone che appartiene alla ditta di Guendalina, e che la diva ha appena vuotato, gettandola, senza far tanta attenzione, giù in mezzo ai campi...

Un attimo!, passa ora per il capo di Guendalina, non vorrai mica passare il resto della tua vita in tal modo?

# Auf Beatrices Spuren

Im Schatten des Palazzo della Signoria schlürfst du, Student der italoromanischen Philologie im zweiten Semester, die Atmosphäre mit dem Espresso. Vor deinen Augen, dir gegenüber, am anderen Ende der Piazza erhebt sich massig die steingewordene Macht der Medici: Marmor und Mauern.

Dies ist die Kulisse, vor der sich die packendsten Szenen der dramatischen Geschichte von Florenz abgespielt haben, und in der flirrenden Hitze glaubst du, inmitten der Menschenmassen einige ihrer bekanntesten Akteure zu erkennen.

Du siehst Lorenzo, den Prächtigen, den Mäzen, Philosophen und Dichter auf dem Weg zur Messe in die nahe gelegene Kathedrale Santa Maria del Fiore. Er ahnt nicht, dass er schon eine Stunde später dem heimtückischsten, ruchlosesten, teuflischsten Mordanschlag seiner Zeit nur knapp entrinnen wird.

Jäh durchschneidet zuckend und zischend ein greller Blitz die Wolkenwand Deiner Seele.

Das runde, liebe Gesicht mit den dunklen Sphinxaugen umrahmt von prachtvollem, langem, schwarzem Haar, löst sich ein hübsches, etwa neunzehnjähriges Mädchen aus dem Gewühl. An Armen und Hüften lässt ihr dunkelblaues Hemd ihren wohlproportionierten Körper in so warmer, weicher Goldbronze zart hervorschimmern, dass du dir das Genie eines Botticelli oder Tizian wünschst, um diesen flüchtigen Augenblick ewig festhalten zu können. Donner rollt über den Platz, der Donner der stampfenden Schritte des jungen Mannes an ihrer Seite. Groß ist er und breit, ein wasserstoffblonder Kleiderschrank in einem himmelblauen Polohemd mit der Aufschrift:

# Sulle tracce di Beatrice

Nell'ombra del Palazzo della Signoria, tu, studente al secondo semestre di filologia italo-romanza, ne assimili l'atmosfera sorseggiando un espresso. Davanti ai tuoi occhi, di fronte a te, sull'altro lato della piazza si innalza massiccia la potenza, ormai in pietra, dei Medici: marmi e mura.

Questo è lo sfondo da cui si sono svolte le scene più avvincenti della drammatica storia di Firenze e, nel caldo infuocato, tu pensi, nel bel mezzo degli assembramenti di persone, di riconoscere alcuni dei loro più noti »attori della storia«.

Tu vedi Lorenzo, il Magnifico, il mecenate, filosofo e poeta recarsi alla messa nella vicina cattedrale di Santa Maria del Fiore. Egli non sa ancora che solo un'ora più tardi riuscirà a malapena a sfuggire al più perfido, infame e diabolico tentativo d'omicidio di quel tempo.

Improvvisamente qualcosa ti colpisce: è come l'improvviso guizzo di un lampo che prende possesso di quella coltre di nubi addensatesi nella tua mente. L'amato viso rotondo con gli occhi scuri da sfinge, inquadrato da folti e lunghi capelli neri si stacca dalla folla: è una graziosa ragazza di circa diciannove anni. Sulle braccia e sui fianchi la sua camicia blu lascia intravedere le movenze del corpo ben proporzionato in una calda e morbida abbronzatura dorata, tanto che tu ti auguri il genio di un Botticelli o di un Tiziano per poter fissare in eterno questo attimo fuggevole. Il tuono rintrona sulla piazza, ma è il rumore dei passi duri e pesanti del giovanotto che sta al suo fianco. È alto questo giovanotto! Grande e grosso come un armadio: un »Marcantonio« biondo ossigenato, avviluppato in una camicia per polo color celeste con la scritta:

Auch dich überragt er noch um einen halben Kopf.

Eure Blicke kreuzen sich, hart prallen wuchtige Geweihe aufeinander. Demonstrativ legt er seine mächtige Pranke auf die Hüften der südländischen Schönheit.

Warum muss andauernd dir so etwas passieren! Du siehst die Frau Deiner Träume ... wieder einmal schon in festen Händen.

Betont langsam und gleichgültig drehst du den Kopf in eine andere Richtung und nimmst den Neptunbrunnen ins Visier.

»Ach Bea, Baby«, dröhnt seine Stimme in deinem Rücken. »Sieh nur! Der David von Michelangelo vor dem pittoresken Palazzo. Unbeirrt trotzt jener den Jahrhunderten in all seiner schneeweißen, makellosen Pracht – wie meine Liebe zu dir! Verweilen wir noch auf dieser idyllischen Piazza bei Cappuccino und Croissants, ehe wir uns wieder zurückziehen werden auf unser gemütliches, kleines Zimmerchen.«

Bea schnurrt eine Bestätigung.

Ach, warum machst du nur einen Fehler nach dem anderen! Haben denn all die bauchfreien Fata Morganen in der schier unendlichen Wüste deines Teenagerdaseins dich überhaupt nichts gelehrt?

Unter wechselseitigem Gegurre, Gekicher und Herumgealber nimmt das junge Pärchen währenddessen am Nachbartisch Platz. Von ferne hörst du leise die warme, weiche Stimme der dunklen Schönheit. Ihre feine Sprache erinnert dich an die grazilen Bewegungen jener schlanken, schwarzen Katzen in

E sovrasta pure te di mezza testa.

I vostri sguardi si incrociano: è come un energico scontro di corna fra cervidi. In modo dimostrativo lui pone le sue forti mani sui fianchi di quella bellezza del sud.

Ma perché deve sempre capitare proprio a te una cosa simile!

Tu vedi la donna dei tuoi sogni…ancora una volta già impegnata con un altro.

Volutamente, in modo lento e indifferente, tu volti il capo in un'altra direzione puntando gli occhi sulla fontana di Nettuno.

»Ah Bea, Baby« echeggia la voce di lui dietro la tua schiena.

»Guarda, il Davide di Michelangelo davanti al pittoresco palazzo, fermo e irremovibile, in tutta la sua magnificenza, resiste e persiste nei secoli, come il mio amore per te! Restiamo ancora qui in questa idilliaca piazza e prendiamo un cappuccino con brioche, prima di ritirarci nella nostra confortevole piccola stanza.«

Bea esprime il suo assenso che è quasi come il dolce miagolio di un gatto.

Ah, ma perché fai un errore dopo l'altro: non ti hanno insegnato proprio nulla tutte quelle tue fate Morgane, a ventre scoperto, nel deserto infinito della tua giovanissima esistenza? Ridendo piano e scherzando allegramente la giovane coppietta prende intanto posto al tavolo vicino. Da lontano tu senti la calda morbida voce di quella bellezza bruna parlare piano. Il suo raffinato modo di esprimersi ti rammenta i gracili movimenti di quella gatta nera e snella nella sua grazia ed eleganza. Ti fa male il fatto di non poterla capire, ma ti fa ancor più male sentire il continuo elefantesco rintronare della voce di quel Marcantonio

ihrer Anmut und Eleganz. Es schmerzt dich, dass du sie nicht verstehen kannst, aber mehr noch schmerzt dich das elefantöse Gepolter, mit dem der wasserstoffblonde Kleiderschrank in regelmäßigen Abständen »nicht wahr, Liebling?«, »oh, Baby!« und »Schnuckelchen« durchs Café posaunt, klebrigen Zucker verspritzend. Bittersüße Erinnerungen an deine eigene Schulzeit werden in dir wach.

Der Kellner kommt. Noch ehe ihr Klassenkamerad, der tolle Hecht, erst einmal Luft geholt hat, ist Bea schon dabei, die Bestellung aufzugeben:

»Buongiorno. Due cappuccini per favore e due brioche con marmellata.«

Una ragazza italiana – der Kerl hat aber auch ein unverschämtes Glück!

Du meine Güte, jetzt ziehst du auch schon so einen Flunsch wie der griesgrämige, übergewichtige Neptun, am anderen Ende der Piazza, der schmollend zu Michelangelos David hinübersieht, wie dieser von einer Gruppe hübscher japanischer Studentinnen in andächtigem Staunen betrachtet wird. Es ist zwar »nur« eine Kopie, aber nichtsdestotrotz hätte Tucholsky nicht umhingekonnt, *in ihren Augen ein Flämmchen, einen Schein* zu bemerken.

Soeben hörst du den Kellner sagen: »Mi dispiace, Signorina, c' è solo una brioche con marmellata.«

»E delle vuote?«

»Sono tutti finiti, tutti i croissant – tranne quest' uno con marmellata.«

Schwer wiegt das letzte, kärgliche Restchen des Marmeladencroissants in deiner Hand. Es war das vorletzte. Aber diese Wolke ist rasch vorbeigezogen, als du auf Beas bedauernde Erklärung hin den knarrenden Bass ihres Begleiters vernimmst:

biondo ossigenato che, a intervalli regolari, le dice: »Nevvero, mia cara?« »Oh, Baby« e »Tesorino mio« come spruzzando zucchero appiccicoso.

In te si risvegliano così i dolci e amari ricordi dei tempi della scuola da te vissuti.

Arriva il cameriere. Ancor prima che il suo compagno di scuola, quel fanfarone, abbia ripreso fiato, Bea sta già facendo la suo ordinazione:

»Buongiorno, due cappuccini e due brioche con marmellata«

Una ragazza italiana. Ma quel tipo ha una fortuna sfacciata!

O mamma mia, ora tu ti metti a fare il broncio proprio come il burbero e grasso Nettuno, all'altro lato della piazza che guarda imbronciato verso il Davide di Michelangelo mentre quest'ultimo (la statua) viene osservato da un gruppo di graziose studentesse giapponesi con meditata sorpresa.

È infatti solo una copia, ma Tucholsky non avrebbe potuto far a meno di intravedere nei loro occhi un »Flämmchen, einen Schein … – una fiammella, un bagliore«…

Proprio ora senti che il cameriere dice: »Mi dispiace signorina, c'è solo una brioche con marmellata«

»E delle vuote?«

»Sono tutti finiti. Tutti i croissant, tranne quest'uno con marmellata«

Pesantemente il piccolo resto delle brioche con marmellata sta nelle tue mani.

Era il penultimo, ma questa nube è subito spazzata via nel sentire dopo la spiacente spiegazione di Bea al suo accompagnatore, la potente voce da basso di quest'ultimo: »Va bene, Liebling, la prendiamo« e vedi che le accarezza dolcemente la guancia.

»Schon gut, Liebling, wir nehmen's«, und ihn ihr zärtlich die Wange streicheln siehst.

Mit sichtlichem Genuss nimmst du den letzten Bissen zu dir und fragst dich gespannt, wie sich das junge Pärchen verhalten wird. Denn davon wird es letztendlich abhängen, ob du noch hoffen darfst oder verzweifeln musst. In der Mittagshitze glaubst du Savonarola zu erkennen, den religiösen Fanatiker, Savonarola, der Botticelli kastrierte[1], Savonarola, der in Florenz einen Gottesstaat errichten wollte, in dem Fluchern die Zunge herausgerissen wurde. Die Luft ist heiß und stickig, ein Mantel aus glühendem Blei und das flirrende, gleißende Licht formt vor deinem geistigen Auge die tanzenden Flammen eines gigantischen Scheiterhaufens, die kunstvolle Musikinstrumente, kostbare Bücher und weltliche Bilder Botticellis gierig verschlingen; die lodernden Augen Savonarolas.

Er ahnt nicht, dass er dem *eitlen Tand* schon bald nachfolgen wird. Nur ein Jahr später wird er nach grausamer Folter an gleicher Stelle verbrannt werden.

Du schluckst trocken.

Du bist einfach nicht geschaffen für diese Hitze.

Inzwischen hat der Kellner dem jungen Pärchen Cappuccino und Croissant gebracht. Auf dem Rückweg hältst du ihn an und bestellst dir eine große Flasche Mineralwasser. Ruhig und genüsslich nimmt Bea das grellbunte Zuckertütchen, reißt es auf und lässt langsam den Inhalt in ihre Tasse rieseln.

Offenbar goutiert sie ihren Cappuccino auf die gleiche, hingebungsvoll meditative Art wie du.

Braune Bächlein schlängeln sich mehr und mehr durch das weiße Häufchen, das allmählich zu sinken beginnt, während die

---

[1] metaphorisch gesprochen!

Con visibile godimento tu mandi giù l'ultimo boccone e ti domandi tutto teso come si comporterà ora la giovane coppietta. Poiché da questo infine dipenderà se puoi ancora sperare qualcosa o disperare. Nella calura meridiana tu credi ancora di riconoscere Savonarola, quel religioso fanatico, che tolse al genio artistico di Botticelli ogni forza virale, che voleva instaurare a Firenze una teocrazia nella quale i bestemmiatori avrebbero avuto la lingua strappata.

L'aria è calda e afosa, una cappa di piombo rovente e la luce abbagliante forma davanti agli occhi della tua immaginazione le fiamme danzanti di un rogo gigantesco, gli strumenti musicali artistici, libri di prezioso contenuto, e quadri famosi del mondo di Botticelli …

Gli occhi sfavillanti di Savonarola

Egli non presume di dover presto seguire lui stesso quelle »vanità«. Solo un anno dopo, infatti, egli sarà condannato a morire sul rogo nello stesso luogo, dopo esser sottoposto a crudeli torture.

Tu mandi giu tutto con la gola secca.

Tu non sei fatto per questa calura. Nel frattempo il cameriere ha portato alla giovane coppietta cappuccino e brioche. Al ritorno lo fermi e gli ordini una grande bottiglia d'acqua minerale. Calma e gioiosa Bea apre la bustina di zucchero colorata, la spezza e lascia cadere il contenuto nella tazza. Chiaramente ella si godeva il cappuccino alla stesso modo meditativo in cui te lo godevi tu. Scie color marrone fluiscono sempre più attraverso la massa bianca che, lentamente, comincia a defluire, mentre la scura bellezza respira lentamente e profondamente – e tu insieme a lei. Lentamente lei volta la testa e i suoi occhi si stringono come due fessure luccicanti, la bocca simile ad una fredda e rigida linea »Allora ti piace?« chiede lei al suo accompagnatore

dunkle Schönheit langsam und tief atmet – und du gemeinsam mit ihr. Langsam dreht sie den Kopf, und plötzlich verengen sich ihre Augen zu funkelnden Schlitzen, ist ihr Mund ein eisiger Strich, scharf, hart, kalt.

»Na, schmeckt's?«, fragt sie ihren Begleiter, der, während sie noch über ihrer Tasse meditiert, sich blitzschnell das Hörnchen geschnappt hat, das letzte Hörnchen. Ihre Stimme ist weich wie Schaum, unter dessen Oberfläche eine blitzende Rasierklinge verborgen ist.

»Hmmm … ausgezeichnet«, brabbelt er kauend, Krümel im Mundwinkel, das angebissene, gequetschte Gebäck in der Hand. »Möchtest du auch mal beißen, Liebling?«

Steinern starrt sie schweigend auf seine mächtige Pranke, die rinnende Marmelade, einen Moment zu lange starrt sie schweigend darauf, ehe sie sich zu einem Lächeln zwingt: »Greif du nur zu.«

Ungerührt setzt er seine Mahlzeit fort.

Verstohlen schiebt Bea sich einen *Fisherman's Friend* in den Mund.

Rührend. Sie ahnt, dass sie auf verlorenem Posten steht, doch bis zuletzt wird sie kämpfen für ihre Liebe. Mit so einer Frau an deiner Seite …!

Der Kellner bringt dir das ersehnte Wasser.

Das Mädchen winkt ihn zu sich heran und wechselt rasch und leise ein paar italienische Worte mit ihm. Du verstehst nur *panino caldo*, aber es genügt dir, um zu begreifen.

Du nimmst einen tiefen Schluck, lehnst dich entspannt zurück und wartest ab.

Am Nachbartisch herrscht erst einmal Funkstille. Bea und ihr Klassenkamerad, der tolle Hecht, haben sich, jeder für sich allein, hinter ihren eigenen kleinen Schutzwall aus Schweigen

che, mentre lei se ne stava ancora meditando sulla sua tazza, già s'è preso rapidamente la brioche, l'ultima brioche. La voce della ragazza ha un suono molle come schiuma sotto la cui superficie è nascosta la saettante lama di un rasoio.

»Uhmm, buonissimo« mormora lui masticando, con delle briciole all'angolo della bocca, mentre tiene in mano il dolce già addentato e un po' schiacciato.

»Ne vuoi un po' anche tu, Liebling?«

Come impietrita, lei guarda tacendo la grossa mano del giovanotto

Vede la marmellata gocciolante, per un momento di troppo pondera tutto ciò in silenzio, prima di costringersi a dire con un sorriso: »Prego, prendi pure!«

Impassibile lui continua il suo pasto.

Furtivamente lei si mette in bocca una caramella dal nome »Fisherman's Friend«.

Commovente! Lei capisce ora di aver fatto una puntata persa al gioco, ma lotterà fino all'ultimo per il suo amore. Ah con una donna così al tuo fianco…!

Il cameriere ti porta l'agognata acqua minerale.

La ragazza gli fa cenno di venire da lei e scambia con lui, piano e in fretta alcune parole in italiano. Tu capisci solo »panino caldo«ma ciò ti basta per comprendere tutto .Tu mandi giù un gran sorso d'acqua, ti appoggi rilassato allo schienale della sedia e aspetti.

Al tavolo vicino per il momento quella specie di trasmissione-radio s'è fermata.

Bea e il suo compagno, quel fanfarone, se ne stanno soli del tutto, ritirati dietro il loro protettivo muro di silenzio e così tu puoi permettere ai tuoi pensieri di girovagare per la piazza verso la bianca lastra di marmo a ricordo di Savonarola e lì i tuoi pensieri si soffermano.

zurückgezogen, und so kannst du es deinen Gedanken erlauben, ein wenig über die Piazza zu schlendern. Bei der weißen Marmorplatte, die an Savonarola erinnert, verweilen sie.

Warum gerade hier, bei ihm, jenem religiösen Fanatiker, wo dir doch Lorenzo, der Prächtige, der große Mäzen, Philosoph und Dichter viel näher liegt?

Aber um fair zu sein: Es müssen wohl dieselbe Heuchelei, dasselbe Laster, dieselbe anmaßende Willkür, die Simonie der Kirche des Mittelalters gewesen sein – die schon gut 180 Jahre zuvor Dante in seiner Göttlichen Komödie dazu veranlasst haben, mehrere Päpste in der Hölle schmoren zu lassen, und Luther 21 Jahre später zur Abfassung seiner 95 Thesen –, die Savonarolas rasendem Glaubenseifer unbarmherzig die Sporen gaben.

All kind of power corrupts, and absolute power corrupts absolutely.

Die Machtverhältnisse haben sich heute zwar ein wenig verschoben, aber der Geist Savonarolas lebt weiter, in tausendundeiner neuen Gestalt.

»Bea«, hörst du den wasserstoffblonden Kleiderschrank plötzlich sagen, »verzeih mir. Das mit dem Croissant vorhin war selbstsüchtig und egoistisch von mir.«

Du betrachtest die Neunzehnjährige genau, ihre großen dunklen Augen, die halb geöffneten sinnlichen Lippen, das kindliche Erstaunen, das sich in jedem einzelnen ihrer Züge widerspiegelt.

»Ich bitte dich!«, erwidert sie leise mit sanfter Stimme und lächelt unsicher.

»Mir liegt nämlich sehr viel an deinen Gefühlen ...«, er unterbricht sich, denn ihr Mund formt ein stummes, gellendes »So?«.

Perché proprio lì presso di lui, presso quel religioso fanatico, mentre Lorenzo il Magnifico, il grande mecenate, filosofo e poeta è più vicino alle tue idee?

Ma per essere onesti diciamo: Devono essere state le stesse cose, la stessa ipocrisia, lo stesso vizio, lo stesso prepotente arbitrio, la simonia della Chiesa del Medio Evo – che indussero Dante, 180 anni prima, nella sua Divina Commedia, a far finire all'inferno

parecchi Papi, e portarono Lutero, 21 anni dopo, alla stesura delle 95 tesi – che incitarono spietatamente il fervore religioso di Savonarola.

All kind of power corrupts and absolute power corrupts absolutely.

È vero che oggigiorno i rapporti di potere sono un po' cambiati, ma lo spirito di Savonarola è ancora vivo e presente in moltissime nuove forme.

»Bea« sentì dire improvvisamente da quel biondissimo armadio vivente »Perdonami. Il fatto della brioche poco fa è stata una forma di egocentrismo, di egoismo da parte mia.«

Tu osservi ora attentamente la diciannovenne, i suoi grandi occhi scuri, le labbra sensuali semiaperte, la sua infantile sorpresa riflessa in ogni piccolo tratto del suo viso.

»Ma dai, ti prego!« esplica lei con voce dolce e sorride incerta.

»Per me è molto più importante quel che provi tu, i tuoi sentimenti…« e qui lui si interrompe poiché la bocca della ragazza forma ora una silenziosa ed acuta espressione, come dire:Ah, sì, davvero?«

In quell'espressione tu percepisci di più di quanto hai appena udito.

»Sul serio« ripete il suo accompagnatore a voce più alta.

»Per me è molto importante ciò che tu provi e senti. Siamo

Du fühlst es mehr, als dass du es gehört hast.

»Im Ernst«, wiederholt ihr Begleiter lauter. »Mir liegt sehr viel an deinen Gefühlen! Seit Ende der 12. Klasse sind wir zusammen. Denk nur an all die vielen Rosen zum Valentinstag, daran, wie wir als Paar gemeinsam, am wichtigsten Tage unserer Schulzeit, die große Polonaise auf der Abi-Feier tanzten, wie wir uns beide auf der Zwölftklassfahrt nach Rom am Strand von Ostia ein Handtuch teilten, du neben mir, in deinem scharfen, schwarzen Bikini …«

»Wem sagst du das!«, meint sie mit geheimnisvollem Lächeln. Kaum merklich dreht sie den Kopf und folgt der Spur seiner Blicke. Sie sieht dir jetzt mitten ins Herz, mit ihren großen, dunklen Sphinxaugen.

»Mach dir keine Sorgen«, wendet sie sich an den wasserstoffblonden Kleiderschrank. »Gehen wir davon aus«, sagt sie und hebt die Stimme, »dass das Ganze ein bedauerliches Missverständnis gewesen ist.«

È una bella figura che lei fa! *Amor e'l cor gentil sono una cosa …*

Du musst sie einfach bewundern.

Du erliegst der Versuchung, den Kopf kaum merklich sportsmännisch lächelnd in ihre Richtung zu neigen, wobei du aber scharf darauf achtest, dass ihr Begleiter nichts davon mitbekommt. Der ist auch viel zu beschäftigt damit, das Mädchen mit den großen dunklen Sphinxaugen, dem lieben fein geschnittenen Gesicht und den prachtvollen schwarzen Haaren in seine Arme zu schließen. Ruhig und gelassen richtest du dich auf und winkst nach dem Kellner, bezüglich der Rechnung. Dabei legst du wie selbstverständlich, spielend ein so freundliches, aber bestimmtes Verhalten an den Tag, als sei nichts geschehen.

insieme dalla fine della dodicesima classe. Pensa solo alle tante rose per il giorno di San Valentino (il giorno degli innamorati) e anche al gran ballo, alla danza »Polacca« che, nel giorno più importante dei nostri anni di scuola abbiamo ballato insieme, come coppia, alla festa per la maturità, e anche quando, in occasione del viaggio organizzato, fatto con i

compagni della dodicesima classe a Roma, ci siamo divisi insieme un asciugamano sulla spiaggia di Ostia. Tu eri accanto a me nel tuo provocante bichini nero...«

»A chi lo dici!« risponde lei col suo sorriso pieno di mistero. Impercettibilmente volta

la testa seguendo la traccia degli occhi di lui. E così ti vede: puntando proprio sul tuo cuore, con i suoi occhi grandi e scuri da sfinge: »Non preoccuparti« dice rivolgendosi al suo biondissimo armadio. »Partiamo dal presupposto«, dice alzando la voce, »che tutto ciò è stato uno spiacevole malinteso«

È una bella figura che lei fa! Amor e`l cor gentil sono una cosa ... Tu non puoi far altro che ammirarla.

Ti senti preso dalla tentazione di piegare il capo sorridendo sportivamente nella direzione della ragazza, stando attento però che il suo accompagnatore non percepisca nulla di ciò. Ma tanto quello è troppo occupato a stringere fra le sue braccia la ragazza dagli scuri occhi da sfinge, con quel suo amato viso dai tratti finissimi e i folti capelli neri.

Calmo e rilassato tu ti sollevi un po' facendo un cenno al cameriere per avere il conto.

Nel far questo, naturalmente, tu assumi, come per gioco, un atteggiamento gentile e fermo, come se nulla fosse accaduto.

È comunque consolante sapere che lei non è per niente innamo-

Es ist zumindest tröstlich zu wissen, dass sie in diesen Kerl nicht im Geringsten verliebt ist, jedoch wirst du, solange die beiden zusammen reisen, keine Chance bei ihr haben.

Wieso denn auch; bei einem Mädchen, das du einmal zufällig in einem Café gesehen hast?

Warte nur ab bis zum Herbst, bis endlich ein neues Semester beginnt, dann kann es jeden Augenblick geschehen, dass du der Frau deiner Träume begegnest. Und wenn das Schicksal es will, dass Bea es ist ...

Weltmännisch lässig legst du das Trinkgeld hin.

Und warum auch nicht! Am *** Gymnasium, Nürnberg, hat sie ihr Abitur gemacht –, da besteht doch immerhin eine gewisse Hoffnung, dass du ihr auf der Treppe im Kollegienhaus, an der Ecke Glücksstraße oder am Bahnhof in Erlangen wieder begegnest ...

Du schickst dich an, das Café zu verlassen, da fängst du im Fenster unvermittelt das Spiegelbild einer Passantin ein, eines sechzehnjährigen Schulmädchens mit großen dunklen Augen und prachtvollem langem schwarzem Haar, in Top und Shorts, mit blitzendem Bauch. Fast wärst du geneigt sie für die handlichere Taschenbuchausgabe Beas zu halten, wäre da nicht dieser stumpfe, öde Blick, dieser harte, brutale Zug um den Mund, der silberne Ring in der Nase, von den grellen, krallenartigen Fingernägeln ganz zu schweigen. Aber das kümmert dich alles herzlich wenig. Was dich vor allem interessiert, ist das Verhalten des wasserstoffblonden Kleiderschrankes.

Wie zufällig drehst du dich um und blickst in seine starren, glänzenden, verträumten Hundeaugen.

Herzklopfen, Schweben, Kribbeln im Mundwinkel.

rata di quell'individuo. Tu comunque, fintanto che i due viaggiano insieme, non avrai alcuna possibilità di farti avanti con lei.

E come mai? Farti avanti con una ragazza che hai visto per caso una volta in un caffè?

Aspetta fino all'autunno, fin tanto che comincia il nuovo semestre, allora potrà capitarti in qualsiasi momento di incontrare la donna dei tuoi sogni. E se il destino vuole che questa sia proprio Bea … Da perfetto uomo di mondo tu lasci la mancia sul tavolo.

Ma perché no ? Al Ginnasio *** di Norimberga lei ha fatto la sua maturità-, quindi c'è pur sempre una certa speranza di incontrarla di nuovo sulle scale dell'università nel »Kollegienhaus« o all'angolo di quella via, la »Glückstrasse« o alla stazione di Erlangen.…

Tu ti affretti a lasciare il caffè ed ecco che di colpo cogli dalla finestra l'immagine riflessa di una studentessa liceale, una sedicenne con grandi occhi scuri e folti capelli lunghi e neri, in maglietta e shorts col ventre saettante.

Tu saresti quasi tentato di scambiarla per una Bea più accessibile, in formato tascabile se non fosse per quello sguardo molto apatico e vuoto, quel tratto duro e brutale attorno alla bocca, l'anello d'argento al naso, senza parlare poi di quelle strane unghie adunche. Ma tutto ciò ti preoccupa veramente poco. Ciò che più ti interessa è il comportamento del biondissimo Marcantonio.

Come per caso, girandoti, cogli lo sguardo dei suoi occhi da cane fedele, fissi, brillanti, sognanti.

Batticuore, un sentirsi come sospeso, un certo prurito all' angolo della bocca.

Bruscamente Bea toglie il braccio che il suo accompagnatore teneva sulla sua spalla. Proprio appena in tempo tu riesci a allontanarti.

Brüsk fegt Bea den Arm ihres Begleiters von ihrer Schulter. Gerade noch rechtzeitig wendest du dich ab.

*Oh Jubel, Triumph, und grenzenloses Frohlocken!*

»Es hat keinen Sinn mehr!«, hörst du die Stimme des Mädchens in deinem Rücken.

»Hä?«, macht ihr Klassenkamerad, der tolle Hecht.

»Es ist aus.«

»Aber Bea, Baby, das kann doch wohl nicht dein Ernst …«

»Für dich ab jetzt: Beatrice!«

Haltung, alter Knabe, Haltung … nein nicht verkrampfen! Tief durchatmen und locker, immer schön locker bleiben … und eine bella figura!

Das Letzte, was du noch von der Auseinandersetzung mitbekommst, ist die Aufforderung Beas an ihren Begleiter, sich umgehend ins Hotel zu begeben und seine Sachen zu packen.

Dann bist du auch außer Hörweite.

Oh Jubel, Triumph und grenzenloses Frohlocken! – Oh giubilo, trionfo e gioia infinita!

»Non c'è più senso alcuno«, senti dire alle tue spalle dalla voce della ragazza.

»Che?« fa il suo compagno, quel fanfarone.

»È finita«

»Ma Bea, baby, non puoi certo parlare sul serio…«

»Per te d'ora in poi sono Beatrice«

Tienti in forma vecchio mio. In forma, dai! No, non bloccarti!

Respira profondamente e cerca di assumere una certa scioltezza e continua così … cercando di fare bella figura.

L'ultima cosa che tu ancora percepisci di quella lite fra innamorati è l'ordine di Bea rivolto al suo accompagnatore di recarsi immediatamente all'albergo e fare i bagagli.

E poi sei fuori dalla portata delle loro voci.

# Anmerkungen

### Die Möwe, die ein Fisch sein wollte
S. 14, *das nicht wandelt (…) Gut* : Shakespeare, »Der Sturm«, I / 2, Übersetzung: Schlegel & Tieck. In der italienischen Übersetzung der *Möwe* wird der Originalwortlaut Shakespeares zitiert.

### La Primavera schüttelte die schwarzen Locken
S. 30, *la primavera* : ~ f. > Frühling

### Liebe, Rausch und Katzenjammer
S. 44, *Isis* : poetische Bezeichnung der Themse im Raum Oxford.

### Auf Beatrices Spuren
S. 76, *Amor e`l cor gentil sono una cosa …*: »Liebe und ein edles Herz sind [beide] eins« – Anfang eines Sonetts aus Dante Alighieris *vita nuova* über das Wesen der Liebe.

# Note

**Il gabbiano che voleva essere un pesce**

p. 15, a sea-change into something rich and strange: Shakespeare, »The Tempest«, I / 2, Nella versione originale tedesca della poesia Il gabbiano che voleva essere un pesce viene citata la traduzione di Schlegel & Tieck del dramma di Shakespeare.

**Al »Kollegienhaus«**

p. 43, Kollegienhaus: sede delle lezioni universitarie.

**Amore, ebbrezza e lamentoso rammarico**

p. 45, Isis: definizione poetica del Tamigi nella zona di Oxford.

p. 49, Facharbeit: tesina per la maturità liceale.

**Sulle tracce di Beatrice**

p. 67, *** Gymnasium, Nürnberg ABI 05 / Lernst du noch oder lebst du schon?:

»Liceo ***, Norimberga / Maturità 05 / Te ne stai ancor lì ad imparare o sei già inserito nella vita«?